Gatos de todos tipos

Lada Josefa Kratky

D0503708

NATIONAL GEOGRAPHIC LEARNING | CENGAGE Learning®

Este es un gato doméstico. Ronronea si está feliz. Se rasca si algo le pica.

Pasa ratos largos reposando. Le gusta comer en casa. Si tiene ganas, sale a cazar un ratón.

El león es un gato salvaje. Vive en una manada. Es del color de lo que lo rodea. Con su melena, el macho parece más grande de lo que es.

Muchas veces ruge de noche. Las leonas cazan gacelas y otros animales grandes.

El tigre es el gato más grande. Le gusta vivir solo. Tiene rayas que lo ayudan a esconderse en las matas.

Le gusta nadar en ríos y lagunas. Corre rápido como un rayo. Caza de noche. Caza gacelas, búfalos y jabalíes.

Hay muchos tipos de gatos. Algunos tienen manchas en forma de rosa. Otros son de un solo color. Solo uno quiere vivir con la gente.